Pompadour (Mme de)

Suite d'Estampes gravées par Madame la Marquise de Pompadour d'après les Pierres gravées de Guay Graveur du Roy. S.l.n.d.(Paris vers I750), in-fol., en feuilles, dans un portefeuille mar.brun, large dent. à petits fers ornée aux angles et sur les côtés des fers " à l'oiseau ", dos orné, dent. int., doublé de tabis bleu, attaches (Derome).

[redacted]

~~2.300 Frs.~~

Bel exemplaire de premier tirage, comprenant le titre-frontispice et 63 planches gravés d'après Boucher et Vien, sur les pierres gravées de Jacques Guay, l'un de ceux distribués par Mme de Pompadour elle-même.

La collection se composait d'abord de 52 planches mais plusieurs autres pierres furent ensuite gravées et le nombre en fut porté à 63. Ainsi que l'explique le marquis de Marigny dans une lettre au baron de Joursanvault, reproduite par Portalis et Beraldi (Les Graveurs du I8e siècle, III pp. 323-324), ces exemplaires sont de la plus grande rareté. Il écrit: " L'oeuvre de Madame de Pompadour tel qu'elle l'a donné et tel que je l'ai donné à plusieurs personnes n'est composé que de 52 planches, mais comme elle en a fait plusieurs depuis, j'ai l'honneur de vous envoier un recueil qui en contient 63, c'est le seul qui soit ainsi complétté. Il y a en outre trois estampes qu'elle a gravées, d'après Boucher...."

Notre exemplaire renferme également ces trois jolies estampes supplémentaires: Les Petits Buveurs de lait, datés de I75I, Le Petit faiseur de bulles de savon, et la Petite mendiante.

Mais cet exemplaire est rendu plus précieux encore par son

.../...

état exceptionnel, étant en feuilles à toutes marges, dans son magnifique portefeuille original orné d'une riche dentelle de <u>Derome</u> " à l'oiseau ", Ni Cohen ni les autres biographes ne signalent d'exemplaire conservé dans cet état.

~~La pl. a été remontée anciennement.~~

Cohen VI, 813

SUITE
D'ESTAMPES
Gravées
Par Madame
La MARQUISE
De
POMPADOUR
d'Après les Pierres
gravées de GUAY
Graveur du ROY

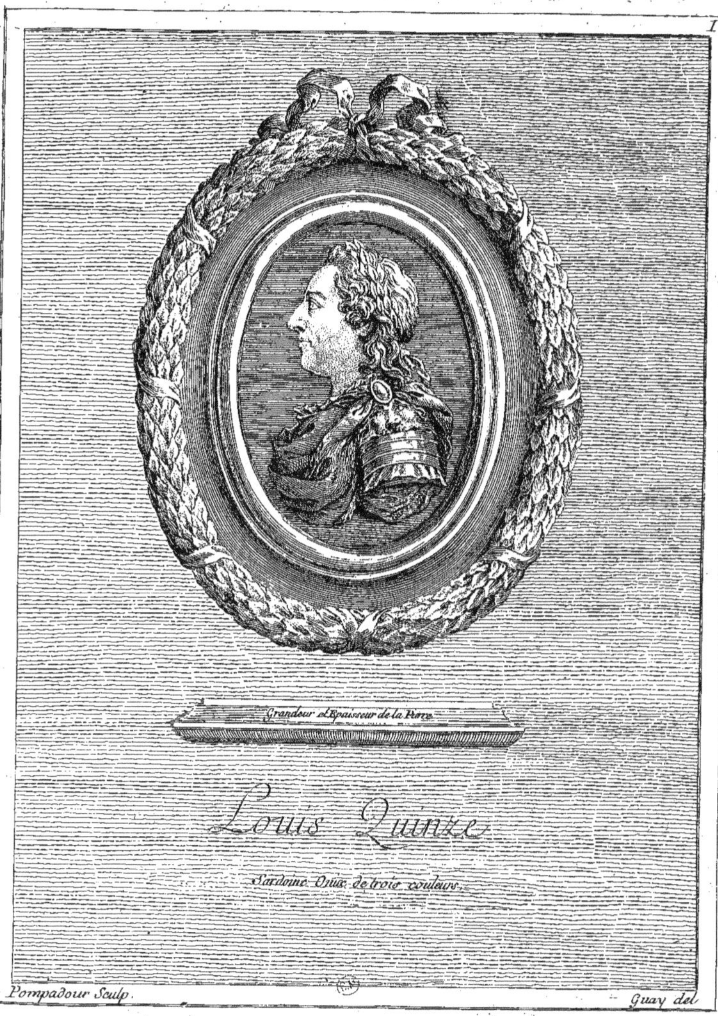
I
Grandeur et Epaisseur de la Pierre
Louis Quinze
Sardoine Onix de trois couleurs

Pompadour Sculp. Guay del

Grandeur de la Pierre

Cor=na=line.

Triomphe de Fontenoy.

Vien del.

Pompadour Sculp.

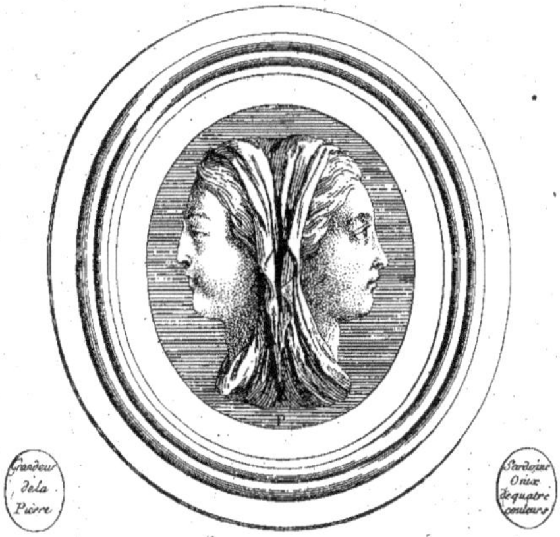
P
Grandeur de la Pierre
Sardoine Onix de quatre couleurs

Gravée en bas relief, le fond est noir, les chairs blanches, les cheveux et la draperie brune, le voile blanc

Boucher del. | Pompadour Sc.

4

GUAY F
PRELIMINAIRES
DE LA PAIX

Grandeur de la Pierre

Sar-doi-ne

Preliminaires de la Paix

Vien del. Pompadour Sculp.

GUAY F.
Grandeur de la Pierre
Agathe Onix de deux couleurs

Bas relief

Guay del. Pompadour Sculp.

GUAY

Grandeur de la Pierre

Cornaline

Apollon couronnant le Genie de la Peinture et de la Sculpture.

Vien del. Pompadour Sculp.

7
Grandeur de la Pierre
Cor-na-line
Vien del
Pompadour Sculp

GUAY F

Grandeur de la Pierre.

Girasolle Orientalle.

Minerve Bienfaictrice et Protectrice de la Gravûre en Pierres précieuses.

Vien del. Pompadour Sculp.

Grandeur de la Pierre
Cor=na=line

Vien del. *Pompadour Sculp.*

1752

Grandeur de la Pierre

Ver=meil.

Action de Graces pour le Retablissement de la Santé de Monsieur le Dauphin

Vien del. Pompadour Sculp.

GUAY

Grandeur de la Pierre

Cor-na-line

Guay del

Pompadour Sculp

Grandeur de la Pierre
Cor-na-lino

Vœu de la France pour le retablissement de la santé de Monseigneur le Dauphin.

Vien del. Pompadour Sc

13

Grandeur de la Pierre
Cor-na-line

Vien del. Pompadour Sculp

GUAY F

Grandeur de la Pierre

Sar-doi-ne

Vien del

Victoire de Lawfelt.

Pompadour Sculp

GVAY F.
Grandeur de la Pierre
Cor-na-line

Vieu del *Pompadour Sculp*

LONGE ET PROPE
MORS ET VITA
1753

Grandeur de la Pierre

Agathe Saphi=rine

L'Amitié

Boucher del. Pompadour Sculp

GUAY F.

Grandeur de la Pierre

Cor=na=line

Genie de la Musique

Bouché del

Pompadour Sculpsit

Grandeur
de la
Pierre
Sar=
doi.
ne.

Guay del

Pompadour Sculp

Grandeur de la Pierre

Sardoine

Genie de la Poësie

Vien del. Pompadeur Sculp.

20

Grandeur de la Pierre

Cor-na-line

Guay del. Pompadour Sculp

Grandeur de la Pierre
Cornaline

L'Amour jouant de l'Haut bois champêtre

Boucher del. Pompadour Sculpsit

Grandeur de la Pierre
Cor-na-line

Guay del

Pompadour Sculp

Grandeur de la Pierre

A-me-tiste

Guay del. *Pompadour Sculp.*

Grandeur de la Pierre
Cor-na-line

Vien del

Pompadour Sculp

GUAY F.

Grandeur de la Pierre

Sardoine

Les Armes de Mr de Calviere

Boucher del. Pompadour Sculp.

Grandeur de la Pierre

Sar-doi-ne

Guay del

Pompadour Sculp

GUAY F

Grandeur de la Pierre

Cornaline

Boucher del — l'Amour et l'Ame — Pompadour sculp

Grandeur de la Pierre

Cor=na=line

Vien del. Pompadour Sculp.

GUAY F.
Grandeur de la Pierre.
Sar=doi=ne.

Boucher del. *Leda.* Pompadour Sculp.

Grandeur de la Pierre

Cor-na-line

Vien del.

Pompadour Sculp.

Grandeur de la Pierre.

Pendant Oriental.

l'Amour cultivant un Mirthe.

Bouché del.

Pompadour Sculp.

Grandeur de la Pierre
Cornaline

Vien del

Pompadour Sculp

GUAY F.

Grandeur de la Pierre

Cor-na-line

l'Amour ayant desarmé les Dieux présente la couronne à son hérault

Boucher del. — Pompadour Sc.

Grandeur de la Pierre
Sardoine

Jacquot Tambour Major du Regiment du Roy

Guay del. Pompadour Sculpsit

GUAY F.

Grandeur de la Pierre

Sardoine

Bacchus Enfant.

Boucher del. Pompadour Sculp.

36

GUAY
Grandeur de la Pierre
Agathe Saphi-rine

Guay del *Pompadour Sculp*

Grandeur de la Pierre

Cor=na=line.

Enlevement de Dejanire

Vien del

Pompadour Sculp

POMPADOUR. F.

Grandeur de la Pierre

Cornaline

Bouché del

Genie Militaire

Pompadour Sculp

Grandeur de la Pierre
Cor-naline

Offrande au Dieu Terme

Boucher del. Pompadour Sculp

POMPADOUR F
Grandeur
de la
Pierre
Agathe
Onix
noire et
blanche.

Boucher del. *Genie de la Musique en Bas Relief* Pompadour Sculp.

Grandeur de la Pierre

GUAY. F

Topaze d'Inde

l'Amour sacrifiant à l'Amitié.

Boucher del.

Pompadour Sculp.

Pompadour f.cit

Grandeur de la Pierre

Corna:line Blanche

La fidelle Amitié

Boucher del.

Pompadour Sculp.

Grandeur de la Pierre

GUAY F.

Topaze d'Inde

l'Amour et l'Amitié.

Boucher del. Pompadour Sculp

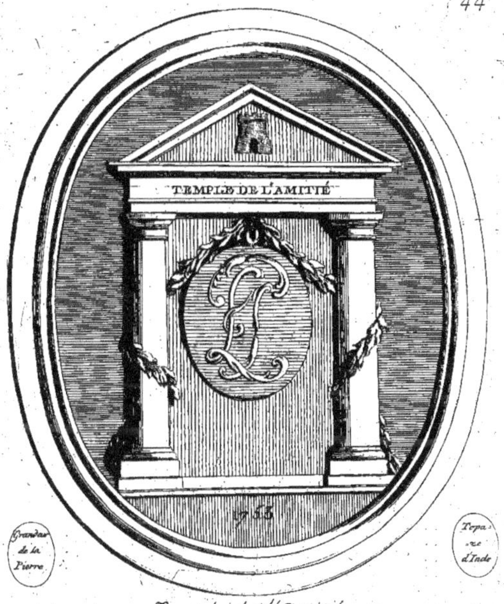
TEMPLE DE L'AMITIÉ
1753
Grandeur de la Pierre
Topaze d'Inde

Boucher del. *Temple de l'Amitié* Pompadour Sculp

GUAY F.

Grandeur de la Pierre

Cor-na-line.

l'Amour

Boucher del. *Pompadour Sculp.*

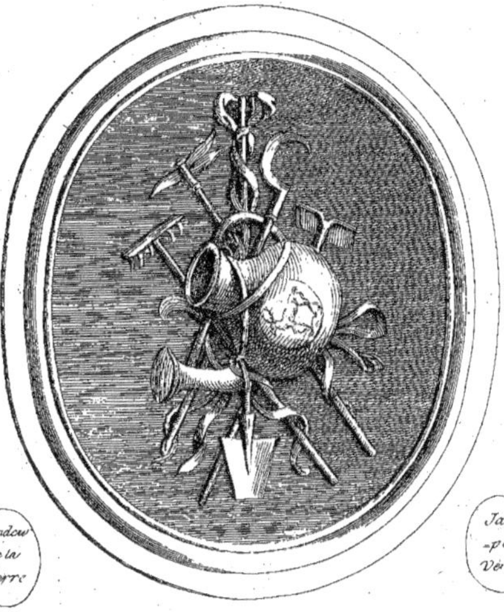

Grandeur de la Pierre

Jaspe Verd

Trophée de Jardinier

Boucher del. Pompadour Sculp

Grandeur de la Pierre.

Prime d'Eme-raude

Prêtre Egyptien

Boucher del. Pompadour Sculp.

GUAY.F.
Grandeur de la Pierre

l'Amour.

Boucher del — Pompadour Sculp

GUAY

Grandeur de la Pierre.

Cor=na=lino.

Boucher del.

Pompadour Sculp.

GUAY F.

Grand.r de la Pierre

Sar-dor-ne

l'Amour presentant un bouquet

Boucher del — Pompadour Sculp

1765

Grandeur de la Pierre

Cornaline Jaune

Cachet du Roy.

Boucher del

Pompadour Sculp

GUAY. F.

Grandeur de la Pierre

Sardigne

l'Amour se tranquillisant sur le regne de la Justice

Boucher del

Pompadour Sc.

GUAY F.
MDCC. LI.
Profil
Profil
Grandeur de la Pierre.
Cornaligne Onix gravée en Basrelief les figures blanches et le fond rouge.

Naissance de Monseigneur le Duc de Bourgogne.

Boucher del.

Pompadour sculp.

GUAY f.
1756.
Profil.
Profil.
Grandeur de la Pierre.
Agate Onix noire et bleue gravée en Barrelief le sujet bleu et le fond noir.

Alliance de l'Autriche et de la France.

Boucher del.

Pompadour sculp

Grandeur de la Pierre.
Sardoine Onix de trois couleurs gravée en basrelief la tête superieure brune l'autre blanche et le fond noir.
Profil de la Pierre.

Portraits de Monseigneur le Dauphin et de Madame la Dauphine.

Boucher del. Pompadour sculp.

LE 10 OCTOBRE 1758
Grandeur de la Pierre.
Cornaline.

Victoire de Lutzelberg.

Bouche del. Pompadour sculp.

LE 10. OCTOBRE
1758

Grandeur de la Pierre.

Cornaline.

Génie de la France.

Boucher del.

Pompadour sculp.

GUAY F.
Grandeur de la Pierre.
Cornaline Onix Bas-relief.

Culture des Lauriers.

Boucher del. Pompadour sculp.

GUAY F.

Grandeur de la Pierre.

Agate Onix.

Boucher del.

Pompadour sculp.

GUAY F.

Grandeur de la Pierre.

Cornaline.

l'Amour.

Boucher del.

Pompadour sculp.

GUAY F.
Grandeur de la Pierre.
Camayeu en bas relief.

Boucher del. Pompadour sculp.

GUAY F.

Grandeur de la Pierre.

Cornaline.

Jardinier cherchant de l'eau.

Boucher del.

Pompadour sculp.

GUAY F.
Grandeur de la Pierre.
Agate Orientalle

Génie de la Musique.

Boucher del. Pompadour sculp.

Pompadour sculp.
1751

Pompadour Sculp 1751

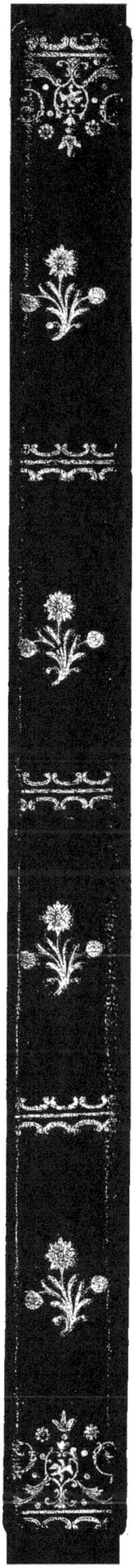

www.ingramcontent.com/pod-product-compliance
Lightning Source LLC
Chambersburg PA
CBHW051549280626
47162CB00021B/1646
9782019577575